닻 별

닻별

성 철 (性 喆) 시집

이서원

시인의 말

멋대가리 하나 없는 놈에게 귀한 인생을 맡기고 살아온
소중한 아내와 축복의 어린 두 아들에게,
마음의 시를 같이 쓰고, 이 시의 토대가 되었을
사랑하는 이와 수많은 글쓴이에게,
인생의 고비마다 위로와 격려로 일으켜 세워 준
귀중한 친구들과 이웃에게,
자연의 품을 알게 해 주고 때로는 귀한 시상을 던져 준
'야생화와 소중한 인연들'에게
감사를 전합니다.

성 철

차례

2부
사랑이여, 뜨거운 영혼의 순간이여

3부
내일이 항상 오는 것은 아니다

서시

닻 별

북두 일곱 별 국자 끝 세워
북극성을 가로지른 곳엔
닻별이 산다

앞가슴 풀어 헤치고
곰별의 아내로
있는 듯 없는 듯

전설의 별들이 반짝이고
작은 별의 꿈이 펼쳐지는
소망의 공간에

젖 먹이는 포근함으로
별의 생이 떨어지는 어둠을
떠받치고 있는 엄마가 있다

세상이 나를 버려도
자연은 항상 팔 벌리고 있다

큰땅빈대

한갓진 돌 밑
빈대처럼 엎드려 살자는데
세상은 화를 돋구어
쌓인 녹만 빨갛게 키워 가니
속도 모르는 누구는
비단 같은 풀(地錦草)이라 하네

하얀 꽃도 인연이어서
빨간 영금 속에도 버리지 못하고
총총히 사슬 엮어
서러운 미련만을 내뿜었으니
짧은 한 시절
허망한 꽃만 한가득 이네

이젠 비워야겠지
순수하다는
거짓에 속은 것을 알기에

참회나무

파랗던 여름의 청춘은
어느덧 빛바래 가고
아쉬움인가
자식을 보내지 못하는 마음

시들어가는 빈집의 시름이
이제서야 말라 가는데
어느 날 문뜩
바람 한 줄에 떠나버린 자식 때문인가

노랗게 질리다

떠난 자식이 내려앉은 바위는
그저 험난하여
바위 밑에 뿌리 잡은
어미의 뒤늦은 참회 소리

한바람에 온 산이 들썩거린다

새로운 시작

다 제 인생은 제 탓
타고난 급한 성미와
성숙하지 못한 본성 탓에
오늘도 스스로를 억누르지 못하다

항상 그랬던 것처럼
여전히 시행착오의 연속
아는 듯 살아왔지만
개뿔 아는 것도 없이
부딪히며 겪어 온 인생

돌을 쌓고 흙을 나르고
꽃과 나무를 심으며
새벽부터 시작된 하루의 막노동
'자기의지'란 있기나 한 것일까
누가 정해준 시간도 없는데
왜 자율은 더 부지런한 것인가

때로는 무심코
국화밭에서 먼 산 바라보던 그 도인인 양
허세에 가득 찬 겸은 속에 힘겨워하며

현재의 의문 속에
쏟아지는 땀을 훔친다

그래도
삶의 그물에서 벗어난 느낌인지
잠깐씩 느끼는 정신적 한가로움
다행히 까다로웠던 젊음을 건너
이젠 수다 없는 자연과 이야기한다

무심코 던져버린 돌 아래
썩은 자리 속에서 요행히 살아남은
예쁜 현호색은 봄빛으로 피어오르고
작년 그리도 조마조마 들여다봤던
연복초도 다시 얼굴을 내미니

힘겹게 살아남은 그들처럼
진정 풀친구들과 살아갈 수 있기를

풀을 뽑는 일

(1)
오늘도 풀을 뽑는다
쪼그린 종아리에서
부단히 힘겨웠던 아낙의 마음을 읽는다

과거와의 대화 속에 숨겨진
무능한 숙고와 무모한 실행은
결국 같은 것이었다

태생(胎生)의 우연 속에
삶의 취사(取捨)가 불가피함을
그리고 커다란 질서 속에서
그 선택(選擇)의 미약함을 읽는다

산다는 것은 태생(胎生)의 우열마저도
극복되고 마는 어머니의 시작과도 같은 것이었다

(2)
오늘도 풀을 뽑는다
굽은 허리를 펴고
멀리 국화를 바라보던 선비의 마음을 읽는다

풀과의 대화 속에 숨겨진
은둔의 자유와 출세의 번거로움도
결국 같은 것이었다

사고(思考)의 우연 속에
삶이 취사(取捨)되어졌음을
그리고 커다란 진리 속에서
그 선택(選擇)의 무의미함을 읽는다

산다는 것은 그 실용(實用)의 우열마저도
무색해지고 마는 어머니의 끝과도 같은 것이었다

(3)
오늘도 풀을 뽑는다

공자의 실용(實用)도
노자의 무용(無用)도
부질없는 것이었다

그저 쪼그린 종아리와 굽은 허리로
인내하며 걸어가는 일이다

도(道)를 닦는 일이다

가시박

(1)
오늘도 네 앞에 서 손을 내민다
엄마 시루 속 콩나물처럼
뽑혀 나오는 소리, 쏙~쏙

쑥쑥 부단한 생명력은
네 노력의 대가련만
그런 탐욕이 무서워 검은 손을 내민다

비록 청가시의 거친 가시는 없어도
네 덩굴손의 무자비함을 알기에
먼저 잘려나가는
잘난 놈의 마지막 허무를 알기에

당초 겸손을 모르던 너
오늘에 이르름은
네 본성을 너무 일찍 들킨 탓이다
어차피 모난 놈이 정에 맞는 것이었다

그저 부질없는 비바람의 인연
남에게는 아름다운 야생화였으나

나에겐 잡초였을 뿐이다

(2)
오늘도 네게 손을 내민다
엄마 시루 속 콩나물처럼
뽑혀 나오는 소리, 쏘~옥

빗물 속 작은 돌에 간신히 걸친 뿌리는
네 인내의 상징이련만
그런 현실이 서글퍼 검은 손을 내민다

비록 환삼의 까칠함은 없어도
네 부드러운 떡잎의 기만을 알기에
부질없는 정에 숨은
못난 놈의 때늦은 표독함을 알기에

당초 거만하진 못했던 너
오늘에 이르름은
네 현실을 너무 일찍 들킨 탓이다
어차피 출발의 공평함은 있지도 않았다

어제의 거만한 주제넘음부터
오늘의 미약한 부질없음까지
엄마의 시루에서 오늘도 쏙쏙 뽑는다

억새는 홀로 피지 않는다

오르막 신나무가 매운맛 들어갈 때
뭉게구름은 파란 바다에 하늘벽화 그리고
발아래 겹겹산은 파도를 이뤄
구름 따라 흐른다

산나물 허기에 불태워진 능선자락
하얀 잿가루 뒤집어쓰더니
탓 아닌 고목이 벼락 맞은 듯
드넓은 민둥머리 참억새가 가득하다

민둥산이 가을 서러울까 억새들 피어
모진 풍상에 머리도 쇠어 가며
바람지기로 은빛 백발을 휘날리니
지나던 구름도 햇빛에 반짝이며 너울거린다

삶에 다다를 곳이 어디 있으리
억새는 그저 바람처럼 산다
바람 따라 고개 숙여 흐를 뿐
억새는 홀로 피지 않아 외롭지 않으니
민둥산 위로하며 세상 따라 산다

개망초

너를 꽃으로 본다
넌 아름다워야만 했다
화려함 옆에서 소오롯하던 넌
힘겹게 새 꽃을 피우며
우뚝 서려 했다

너를 풀로 본다
넌 푸르기만 했다
다소곳이 항상 그대로인 넌
그저 노란 가슴을 품은
한 송이 예쁜 풀이었다

풀로 보면
넌 족했다
지금 그대로도

아이들도 그랬다

널 그리며

솔개만 지나가도 한결 낫다는
오뉴월의 땡볕 하루
볕이 지독히도 밝았으니
높은 참나무 밤 그림자도 짙다

스멀스멀 찾아오는 어둠 속에
쓸쓸히 흔들거리며 젖어오는 비
소중한 이와 옛 추억에 빠져
별빛 담은 부침개를 먹고 싶다

몸 숙인 풀잎을 스치는 바람에
날개 접은 산비둘기의 낮은 울음소리
나그넷길 희망을 같이 해온 이와
걸쭉한 막걸리 한잔을 걸치고 싶다

가난한 농부의 달은
구름 속 보일 듯 말 듯 흘러가고
뭐가 급해 일찍 뜬 다정한 이는
서두름을 더해선가 얼굴도 가물거린다

마음 벅찬 물소리가

산 넘어 시비소리 다 막았으나
세상 잡설 안주 삼던 무색의 널 그리며
눈물 한 잔을 홀로 삼킨다

대서(大署)

새벽녘부터 삶아대던
광란의 햇살은 땅속까지 타들어 가고

뙤약불을 피한 갯가는
불청객의 한걸음에 금새 흙탕물

평온한 정적을 깬 늘어진 미안함에
조용히 자리 잡은 사색

물 긷는 꿀벌은 허겁지겁 연신 허공에서
웅덩이 가장자리로 몸을 날린다

두 마리 가재도 기운을 잃어
파장도 없이 돌밑으로 그늘을 숨기고

검은물잠자리 수컷은 막장인 양
푸른빛 유혹으로 암컷의 꽁무니를 쫓는다

여름비는 잠비라더만
한 줄기 잠청할 소나기라도 내려줬으면

잠 못 이룰 듯한 뜨거운 하늘 아래
물 흐르는 소리 빗소리 삼아

졸고 있는 흙투성이
혼자

뱀과 개구리

연거푸 쨍쨍 쩌대는 날
미친 듯 숨어든 물가에 발을 담근다

주먹만 한 개구리가 멈칫 서
측은하게 망설이는 눈길
물에 들까말까 하는 것도 수차례

잠시 일어선 순간
입에 잠겨 꼼짝도 못하는 너
바로 앞 저 물가가
바로 내 물가
내가 태어난 곳이다
살아야 한다

엄한 듯 검은 줄 환한 주황 뱀의
예사롭지 않은 눈길
큰 다리를 넣은 채 망설인 지 오래

잠시 다가간 순간
힘겹게 물고 있는 너
무더운 이 한여름

어렵게 건진 너
절대 놓칠 순 없다
살아야 한다

새하얘진 머리는
동정심도 적자생존도
헤아리지 못하고
다시 한 시절의 비겁한 무서움에 떨며
생각 없이 뱀을 쫓고 있었다

만추(晚秋)

급작스런 찬 기운 탓인가
우뚝 선 노란 전나무 돋은 가시에
둥그런 은쟁반이 찔려
밤하늘에 바둥거린다

가득한 달빛은 여전한 데
오늘 해가 스멀스멀 열리니
핏발 선 가을산은 선명해져
붉은 마음도 쌀쌀한 가을을 탄다

얼큰한 밤새 술김에
달님과 해님 누가 클런지
바지랑대 주워들고 재어보자니
아무리 해도 잴 수가 없구나

술잔에 뜬 달, 해 가늠해 볼라치니
아쉬운 빈 잔은 이미 오래고
어차피 재어봐야 술잔보다 작을 것을
그 술 든 내 배때기보다 작을 것을

만추의 천하야 생각하기 나름

낙엽 속 붉어진 얼굴로 숨어들어
몰래 겨울 막차에 탑승하려니
마지막 날 고통이야 어찌하리오마는
미련만은 없어야 하리

벙어리 가을

뜨겁게 달구던 햇빛도 잦아들 즈음
멀리 돌아온 길은
아득한 그리움에 젖어들고
성했던 꽃들도
왁자지껄 재잘대던 새도
모두 정적에 빠졌네

서로 기대고 떠받치던
청미래덩굴도 풀이 죽어 고개 숙이고
잎 진 나무 청록 화려함이 시드는 순간
놀란 벌과
나비도 날갯짓 죽이며
숨소리가 잦아드는 시간

무성하던 잎은
허공을 흐르며
한 잎 한 잎 추억으로 내려앉고
풀꽃 씨앗 소리 없이 부르짖음을 토할 때
더욱 앙상해지는 나무줄기를 타고
허전한 마음만 빨갛게 여물어가네

온갖 풍상과 수모가 휘몰아친
다시는 돌아갈 수 없는 산비탈 끝자리
모든 치욕스런 기억 가져갈 듯
빛바랜 낙엽이 조용히 어둠 덮으니
소란 떨지 않는 추락
어디 쉬운 일인가

가을달

휘영청 밝은 달
하룻밤 웃비에

채마밭 배추속대
봉긋봉긋 칠칠하고

아욱 파루초(破樓草)
사립문 닫기 직전

무 머리 파란 기운
땅바닥 넘쳐흐르니

가을은
달빛에도 영그나보다

꽃, 네 이름을 부르며

아름다운 것을 아름답게 느낄 때
거부하지 않는 몸짓에
다가갈 수 있어 좋다

침묵하며 말하지 않아도
뜻을 굳이 전하려 하지 않아도
항상 활짝 웃어주는 너

사소한 관계를 쌓아가는 중에도
새로운 이름을 불러줄 때
더 가까이 다가오는 네 숨결

얼굴을 맞대고 호흡하는 사이
어머니 젖가슴 내음에 빨려드는
숨 막히는 전율을 아는가

그대로의 모습에 혼절하여
빠져드는 행복의 심연, 그 속에
내일의 희망까지 담겨 있다니

질경이

눈발 내린 길 군데군데
다닥 붙은 질경이
희끗희끗 푸르다

언 바닥 속 가녀리게
눈발에 비친 햇살을
부둥켜안은 온기

내 고개 숙인
절망을 힐책하듯
더욱 꼿꼿한 잎새들

가냘픈 자기 밟아
미끄러지지 말라고
성큼 푸르름을 내민다

휑뎅그렁 한겨울에도
푸르게 핀다
눈꽃 덮여도 질기게 산다

풍경(風磬)

눈 덮인 산자락 변두리
길 끊긴 산사(山寺) 하나
대웅전 처마 한구석에
하늘 내린 낚싯줄 걸려
허공 속 바동대는 붕어 한 마리
바람 한 줄기 간절히 기다리네

함박눈에 지쳐선가
오늘은 그 흔하던 바람도 침묵 중
대롱대롱 아슬한 목숨 끝
두 눈은 부릅떠 커져가고
소복이 얹힌 눈발마저 힘에 겨울 즈음
아침 햇살 머금은 계곡물에 미끄러진
한 줄기 골바람에 정신이 번뜩

바람결에 구원(救援)이라도 토하려
온몸 힘껏 흔들어 내뿜은 절규(絶叫)
청지(淸池) 첫 얼음이 깨지는 듯
청아한 소리만 산자락에 가득하다
득도하였는가
그새 구름까지 탔네

감나무

한겨울 텅 빈 하늘
혹시나 얼어 깨질까
빨갛게 달아올라
가지가지 끌어안고 있다

된바람에 지친 친구
그냥 지나칠까
우두커니 밤하늘에
신호등 켜고 서 있다

추위에 지친 새 몇 마리
마른 가지 찾아오면
허기진 배 출출할까
손님상에 제 살까지 내놓는다

흰 눈이 온 세상을 덮으니
갈 곳 없는 개구쟁이들
놀이 삼아 던진 돌에도
어김없이 가지 하나 뚝 떼어준다

그렇게 아무 일 없는 듯

겨울이 다 가도록
얼어 터져가는 등불을 들고 서 있다
마지막 까치밥 하나까지

12월

서슬 퍼런 별빛이 밤마다 비추더니
빨간 단풍잎 위 하얀 서리만 서럽게 앉았네
새벽녘 후둑후둑 비꽃이 들자
간 보던 겨울은 어디론가 사라지고
쉴 자리 망설이던 단풍잎도
짙은 색만 더했다

동글동글 떨구는 물방울의 합창소리에
들떴던 가을바람의 노래 차분히 낮게 깔리고
바삐 흐르는 우산 아래 비치는 급한 모습들
그새 얼마 남지 않은 한 해
의미 담아 꽃 피우려 다시 마음 다지며
처진 가을 넘는구나

자작나무

곧게 뻗어
찬 겨울 햇살에 맞서고 있다
오래도록 썩지 않을 마음의 글귀 전하려
제 어는 줄도 모르고
하얀 온기마저 거부하고 있다
얇은 껍질을 벗으며 이겨내고 있다

높은 산자락
하얀 병풍을 치고
자작자작 찬바람 맞으며
꺼지지 않을 사랑의 촛불을 밝히려
흰 기름을 말리고 있다
차디찬 오늘을 견디고 있다

하얀 언덕에
흰 눈이라도 내리면
물감 하나 필요 없는 흰 도화지
소리 없는 고요 속에
자작자작 인내로 겨울을 태우고 있다
삐쭉한 가지 끝 세워 봄을 기다리고 있다

겨울의 대지(大地)

맑은 봉오리 하나 피우려
지금은 쉬어야 할 시간
오늘도 맨바닥 끝까지 내려가
찬 어둠의 고통을 참으며
몸 숙여 쥐죽은 듯 살아야 한다

바람이 솔솔
찬 기운 가져가는 날
꽃 한 송이 밀어 올리려 안간힘을 쓰는
작은 들꽃이 애처로워
모아둔 습기 한 방울까지 건네야 한다

무작정 솟아오르는 뭇풀들에게
살결 찢어지는 아픔에도
부서지듯 풀어헤친 몸뚱이 하나로
잔뿌리 하나까지
살포시 덮어줘야 한다

태양이 작열하는 날 뜨거워
말라가는 몸 하나
간수하기 힘겨워도

더위 피해 내려 온 나무뿌리에
서늘한 자리 내줘야 한다

한 시절의 빨간 사랑 혼자 하고선
떨구며 내팽개치는 외로운 자식들에다
금새 귀찮아져 떨구는 잎사귀까지
싫다는 말 한마디 못하고
모두 안아야 한다

된바람 몰아치고
하얀 눈보라가 온몸을 파고들어도
겨울이 되면 조용히 쉬어야 한다
몸 숙여 겸손하게
철들어야 한다

사는 힘은 어디서 오는가

온 산 뒤덮던 참나무
늦가을 소슬바람에
마지막 남은 잎새 떨구고
마른 핏줄마저 뿌리 깊이
땅속 향해 숨죽인 동면

저 산 너머 해지개
삭풍 타고 온 눈발에
저녁노을마저 뉘엿뉘엿
빛을 잃어 쓰러지고
쑥새도 갈색깃 움츠린 어둠

새벽녘 쓸쓸한 그믐달이
앙상한 전나무 가지에 걸려
갈피 잃고 허둥댈 때
어스레 다가온 미지근한 기운에
소리 없이 깨지는 침묵

캄캄한 밤의 적막을 쫓아
꽁꽁 언 인내를 불 피어 녹이는
여명(黎明)은 어디서 오는가

기다림의 풀내음을 담은
명지바람은 어디서 오는가

가을을 뿌린다

지루하게 삶아대는 한여름 끄트머리
올 가을을 바보처럼 기다리다
예기치 않은 태풍 큰비 한 줄기에
어리석은 성마름을 군다

억수 친 도랑 끝 부딪치며 땅을 타다
지쳐 누운 모래를 퍼 담고
더위 쇠한 입김에도 달아날 듯 하늘거리는
쑥부쟁이의 한 줌 소망도 넣는다

구릿빛 웃음으로 이 빠진 낡은 바가지 속
하얀 씨날개를 반짝 모래에 버무려
뒤죽뒤죽 섞은 한 줌의 거친 영혼을 움켜쥐고
변두리 밭모퉁이에 가을을 뿌린다

곧 노을 지는 별빛 언덕엔
마파람에도 무릎 꿇지 않는
설분홍 수줍음이 무성히 춤추는 향연으로
지난 그리움을 한껏 흔들 것이다

생강나무

산기슭 칼바람에
생강나무 얼어붙고
지난 밤 폭설엔
큰 가지까지 잘렸다

모진 바람 할퀴어
껍질마저 닳고 닳아도
뿌리 깊은 힘은
노란 꽃봉오리 밀어내니

섣달그믐
얼음장 하늘 아래서
같이 떨던 노란 별과
달을 향한 그리움인가

어둠

어둡고 깊은 밤은
마음의 소리와 대화하는 침묵의 시간
하루의 불꽃이 저승길로 들어서면
잃어버린 기억을 낚아 올리는
검은 발자국 소리에
어린 시절 지워진 기억을 되새기는 공포

밤하늘 둥그런 달이 수억 번 일그러지고
또 얼마나 많은 별이
일어나고 사라지는 걸 보았는가
캄캄한 어둠아,
너도 서슬 퍼런 빈 암흑의 공간에 홀로 서서
얼어붙은 가슴을 외로이 녹였으리

수십억 년 전 밤을 떠난 별빛이
시공을 가르며 스치우듯 소름으로 찾아오면
몸서리치는 아픔으로 잡아 두었으니
그 별빛 가슴 속 깊이 각인되어
나도 네 심장의 희미한 빛에서
세상 겁 모르고 태어났으리

민들레

초라한 길가 외진 한구석
흙이랄 것도 없는 척박한 땅에서도 민들레는 핀다
주어진 생을 숙명으로 받아들일 뿐
작은 틈새도 포기하지 않는다
잎이 찢기는 것은 다반사의 일상일 뿐
힘껏 올린 줄기마저 곧게 세우지 못해 꼬일지라도
그저 기본으로 돌아가 뿌리에 힘을 멕인다
고단한 현실에서도 찡그리지 않는다
애오라지 기다리며 참아 내는 것이다

무릇 푸른 하늘을 향한 도전은
노란 꽃봉오리에서 끝나지 않아
다시 최고의 속도를 달아 하얀 실타래를 만들더니
푸른 바람을 휘어잡고서
아무런 기약도 없는 여행을 시작하는 것이다
그리고 빈약한 황폐에 다다를지라도
실망하기 전에 이미 새로운 싹을 키운다
어쩔 수 없는 불행을 탓할 겨를도 없이
늘 그렇게 꿈을 기다리며 산다

봄비 내리는 풍경

종일 내린 단비로 짙어진 머언 산에
시샘하듯 물안개가 하얗게 깔리면
물 대놓은 논을 가로지르던 바람은
스친 자리 서운한 듯 파장을 남긴다

까칠한 장미꽃 사랑의 향기를 품고
찔레꽃잎이 다소곳이 내려앉은 자리
자줏빛 지칭개가 물 머금은 붓끝으로
흔들바람 맞추며 허공에 편지를 쓴다

물가의 뽕나무는 마른 시간을 거슬러
가지 끝 오디까지 힘껏 물 밀어 올리고
비 씻겨 짙어진 갯돌 옆엔 푸른 풀들이
잎끝 방울방울 영롱한 제 모습을 얹었다

뚱딴지가 작년 가지 밑에 새잎을 피우고
애기똥풀이 무더기로 촉촉한 꽃 풍길 때
마을 앞 지나가는 하늘색 버스 하나가
머리 움츠린 애들을 날름 거두어 간다

시금치를 다듬으며

외꽃 핀 잎을 떼어 내다가
누렇게 뜬 시금치를 본다
커가는 키만 바라보다
노래지는 잎은 보지 못했구나

햇볕만을 쫓았구나
햇볕만 있으면 되는 줄만 알았구나
누런 잎 떼어 낸 초라한 그 모습
허풍 속 진실은 미약한 오늘인 것을

찬찬히 가라앉혀 줄 그늘이
정신 차리라 뺨 때리던 빗줄기가
햇볕만큼 절실했음을
누런 잎 떼고 나서야 알았구나

혼자 심심하지 않은 이유

하늘을 밝히며 바람에 흔들리는 별들과
구름 그늘이 흐르는 앞마당에 내려앉는 별빛을 보면
잠시 머문 개울물에 풀어져 차분히 잠긴 달과
기우는 공간 속 나뭇잎을 스치는 달빛을 본다면

찬 겨울을 깨고 나온 포근한 향설(香雪)과
주렁주렁 주아를 단 참나리의 배릿한 향을 맡으면
울긋불긋 제 살을 삭히며 가을을 꾸미는 참나무의 숙향과
눈꽃 달고 하늘을 마중 나간 나무들의 미향을 맡는다면

아침을 깨우는 딱새의 맑은 지저귐과
정적의 밤을 스치는 뻐꾸기 소리를 들으면
나무 아래 놓인 밥사발을 찾아오는 오목눈이와
잠시 쉬어가는 어치들의 다소곳한 인사말을 받아본다면

붙잡혀 있는 협소한 시공(時空)은 절대 아니어서
수없이 많은 청순한 벗들이 난대로 살아가고
찰라 속에 담긴 항상(恒常)의 연(緣)이 통해
한없이 넓은 자연의 그물 아래 같이함을 알게 된다면

시간이 쑥쑥 키우는 알감자와 고구마 줄기만으로도

가난한 순간은 마음으로 열려 하등 조급할 이유가 없어
멀리 지내온 자신에 조용히 다가설 뿐이니
속진(俗塵)의 삿된 심심함은 설 자리가 없어라

책 없는 도서관

이곳엔 책이 없습니다
매일 한 분의 이야기만 있지요
편견도 높낮음도 없으며
심지어 주제도 없습니다
그저 이야기 속에 자유로운 대화만 있지요
입장료도 없습니다 그저
귀와 따뜻한 마음만 가져오시면 됩니다

무엇이든 물어보세요 그러나
정답은 스스로 찾아야 합니다
그래도 진솔한 인생이야기는 보장합니다
책은 없어도 내용은 있습니다
시간이 마음 깊이 새겨놓은
놓칠 수 없는 흔적입니다
글은 없어도 정든 삶이 있습니다

이번 달 추천도서는
개똥이네 깍쟁이 할머니입니다

벌싸움

어제는
앞마당 작은 물웅덩이에서
벌들이 뒤엉켜 싸웠다
더운 한나절 물을 차지하려 싸웠다

오늘 아침엔
언덕배기 김 씨와 이 씨가 싸웠다
네 벌이 내 벌통을 들락거린다면서
했던 말 또 해대며 오래도록 싸웠다

누구는 네 벌, 내 벌하지만
벌들은 상관이 없다
정작 주인을 알지도 못한다
살기 위해 온종일 날아다닐 뿐이다

사람들만
네 것,
내 것 하였다
꿀 도둑놈들끼리

사랑이여,
그 뜨거운 영원의 순간이여

호미질

암소 뿔도 물러 빠지는
오뉴월 더위에도
닳아빠진 호미 한 자루
쭈그러진 손에 들려 있다

턱턱 막히는 숨결 속
쪼그리고 앉아
꼬박꼬박 졸 듯
세월 잊고 흔들리는 몸짓

잡초보다 못나
뿌리도 못 내린 자식들
허름한 세간을
호미 끝에 달았다

내동댕이쳐지는
맥없는 짐풀 속
사무친 한은
길어진 한숨 한 가닥

할아범 떠난 길 따라

기우는 서녘하늘엔
서럽게도 붉은 노을이
호미질로 배알을 훑친다

엄마의 등

칠 남매 키우느라 축 늘어진 젖가슴
젖 내음 다 마른 지 오래건만
그 무게 감당을 못하고 등까지 굽었다

흙벽돌 하나 이 빠진 창문으로
굽은 석양이 들이치면
흰옷 입은 여인은 허리 숙여
가난 꿰맬 반짇고리 바늘을 꺼냈고
침침한 눈으로 귀 찾던 바늘도
마냥 굽어 있었다

배곯아 보채던 큰 애들은 쫓아냈으나
졸린 체 응석 부리며
포근함을 부여잡던 막둥이에게만
마지못해 허락했던 굽은 등

말라비틀어진 젖가슴 마냥
산(山)이랄 것도 없는 처진 밭구릉에
아직도 등 펴지 못한 무덤을 안아 본다
눈이 감긴다

식당

길가 한 모퉁이
보일 듯 말듯
한가한 기사식당 하나

지난밤 탓
쓰린 속을 안고
불쑥 들른다

빨간 고추장 국물에
푸른 호박
하얀 살결의 풀어진 감자 몇 덩이

눈물을 훔치며
가난한 마음을 먹는다
어머니의 딱 그 맛

잠

빨간 놀
어둠에 스미어
꽃구름 짙어갈 때

할애비는
지난날 꿈을 꾸며
그루잠에 들었다

겨드랑 팔괜 아기
가온누리 꿈을 안고
도담도담
나비잠을 잔다

밤하늘
큰 국자 옆
닻별이 초롱하다

느티나무

예 놀던 마을 입구
둥그런 느티나무 한 그루 있어
쉬어가라 푸른 그늘을 한껏 뻗었다
뿌리 깊이 바르게 서서
모진 비바람을 온몸으로 맞서며 견디느라
가지 끝 뚝뚝 눈물을 떨구었다
가난에 찌들어 꾀죄죄한 아이가
세상 든든한 아버지를 기다릴 때도
말없이 벗이 되어 곁을 지키고
지친 어깨로 돌아오던 아버지가
텅 빈 뱃고래의 아이를 안아줄 때도
포근한 팔 그림자 드리우고 있었다
해지는 들녘 동구 밖
세월 빠른 백발의 아이는
사무치는 그리움으로
늙은 가지에 한참을 안겨 있었다

골목길

고즈넉이 다가오는 어둠에
바람도 찾아오다 길 잃어
흘러든 낙엽만 정처 없이 쌓인 골목엔
여전히 깜깜한 동네 개가 짖어댔다

소꿉놀이, 공기놀이, 고무줄놀이 하던 계집들과
자치기, 비석치기, 말뚝박기하던
개구쟁이들로 요란하던
가난 속 희망이 세 들어 살던 막다른 길

해질녘 이맘때면 오르막길엔
내일은 나아지리라는 기대에 힘부쳐
축 처진 어깨의 아버지가
거나하게 취해 흔들거렸다

언젠가부터 뿔뿔이 빠져나와
옛 주인들을 모두 잃은 골목은
부푼 꿈도 모두 온데간데없이 흩어져
쪼그라든 현실만큼이나 비좁아 있었다

더 잃을 것도 없던 이 골목에서

소중한 것을 잃어버린 듯 허전함 속
시간 잃은 백발만 바람에 서성댄다
우리 골목대장은 지금 뭘 하고 있을까

어떤 육신

속히도 달리는 도로 한가운데
퍼뜩 스친 무언가는 형체도 알 수 없었다
개인지 고양이인지
아니 도로표지판 속 어떤 야생동물일지도 모른다
왠지 빠른 이별은 미련이 있다

급히도 스쳐 돌아가는 업의 바퀴에
제 흔적을 조금씩 잃어가며
얼마나 많은 이생의 마지막을 재연했던 것이냐
이미 차디찬 바닥은 피마저 말라비틀어져
검어진 핏빛도 잃어가고 있었다

한때 일부 착한 사람들에게 의존했을 삶은
마지막 숨을 넘기고 혼은 빠져나가
측은한 정(情)도 잃었으니
이생의 고삐를 놓았다는 이유로
정녕 육신 하나 수습할 권리도 찾지 못한 것이냐

남다른 객사의 업보가 있어
알 듯 모를 듯 공포 속을 스쳐 가는 챗바퀴에게
한 점씩 한 점씩 제 살을 핥아주어야 하는 고행의 길이

진정 마지막 이승의 길이었더냐
부디 업보에 빠진 육신을 빨리 버리기만을

어차피 썩어 문드러질 허상의 육신
그저 살아온 미련은 지난날의 허망이니
부디 고통의 영혼만은 그곳에 일찍 다다라
이생의 마지막 업을 넘어 평화로이 태어나길
오고 감도 없는 세계에서의 환생을 비나이다

봄의 미련

봄은 보고픔이다
땅 밑 끝에서 끓어오르는
그리움에 빠지고 싶다

미선나무 향은 아찔한데
정(情)으로 맺어놓은 고리
풀리지 않는 미련(未練)들

그리움은 그리라는 것
그리다 그리다 불씨마저
다 타버리지 않기만을

생이 짧도록 사랑하리라
내 아직 살아있는 것은
그 일이 남아서일게다

공감

어느 골목 한 귀퉁이
손님 끊긴
한적한 찻집 앞

흔들리는 그네 속에서
우린
같은 하늘을 바라보았네

동백꽃

눈 내리는 새벽 산사
고요함 쌓이는 데
피 토하는 아우성만
소리 없이 한가득

밤사이 그렇게
차곡차곡 쏟은 눈도
만리성 신음하는 불길
식히지는 못하였구나

흰 돌담 뒤 승방에
붉은 기운 소복이 물드니
팔선녀 앞 젊은 성진*
애끓음이 걱정이다

* 구운몽

종이잔

가득 찬 보름달 아래
반듯한 종이잔 하나

술 채우니 봉긋 선 가슴
미어져 다가오고

그대 생각 아련해
가슴 끝에 다가선 입술

어느새 흔적 없이 왔다
간절한 마음만 놓고 가니

채워도 비워지고
비워도 빛바랜 미련만 가득

촉촉해지는 종이잔에
바짝 다가오는 그리움

허공

깜깜한 밤하늘
허공으로 비우려 해도
영락없이 달은 또 떠오르고

텅 빈 고요 속
마음을 비우려 해도
소리 없이 다가선 둥근 얼굴

어느 하나가
또 다른 하나를 만나
지우려 해도 지울 수 없는

공간의 끝

바람 부는 날

푸르른 가을날
차디찬 공간을 가로지르는 바람이
온몸의 전율로 사무쳐 올 때
흔들리던 봄의 흔적을 본다

깊어가는 밤
초롱초롱한 눈은 별빛이 되고
부풀어 오르는 달은 그대 가슴이 되어
타버릴 듯 그을리던 찰나

무심하게 뒤돌아선 허공 속
짓누르는 향기가 너무 무거워
그 자리를 뜰 수 없었다
그대 떠난 밖 공간은 없었으므로

한 줄기 바람에도 서글프게
흔들리지 않으면 누가 청춘이라 하리
모두 정지된 이 밤 끝
사랑 없는 젊음이 더 서러웠으리

대답

꽃을
왜
좋아하니?

너를
꼭
닮았어!

당신 속 나

맑디맑은
그대
눈을 바라봅니다

그 속에
서 있는
나를 바라봅니다

차마
흐려질까
눈을 돌렸습니다

이별

마음속 들린 짐 풀어 보려
아린 손끝 잡았으나
버들가지 새 가지 내듯이
그저 눈바래다

굳이 가슴 속에
큰 돌 하나 남길 건 뭔가
떠나며 왜
박힌 정은 뽑아가지 않으신가

그 돌 끄집어내어
저녁 강물에 던지니
홍조 띤 얼굴만 파문으로 날아들 뿐
진정 떠나기는 하신 건가

달빛은 일그러져도
본래 다시 돌아오는데

먼산바라기

오신다는 소식에
마음 졸이어
어젯밤 뜬 눈이었네

구름에 씻긴 달은
물비늘 속
빼꼼히 고개 내밀고

빤짝이는 샛별은
샘물에 담겨
수줍은 눈길만 하염없네

모두들
먼산바라기로
손꼽아 기다리네

한라산에서

- 왜 산을 오르냐는 너희의 질문에 대하여

애들아,
산을 오르는 것은 사람 사는 것과 똑같단다
사는 것이 여정이고 산을 타는 것도 작은 여정이란다
어느덧 삶의 언저리에 다다라 아빠는 지나 온 그리고 남은 시간
을 정리하면서 산을 오르내리게 되었구나
희열과 후회,
그리고 무엇보다도 너희들의 아빠로서 구석구석 느끼게 되는
삶의 행복도

애들아,
아빠에겐 같은 목표를 가지고 너희들과 걸어가는 것 자체로도
극도로 흥분되는 일이란다
그러면서도 아빠와 산을 오르며 너희들이 같으면서도 다른 여
정을 느껴보길 바라고 있지 않나 싶구나

얘들아,
빨리 가는 것보다 꾸준히 가는 것이 중요하단다
예기치 않은 난관에 힘이 들겠지만 극복해 내야 한다는 거
많이 참아 내며 걸어가야 한다는 거
엄청난 계단을 만났을 때 지레 포기하거나 급히 서두르는 것이
아니라 차분히 한 계단에 집중해서 천천히 올라가야 한다는 거

돌부리에 넘어져 다치더라도 자책하거나 남 탓할 것 없이 벌떡
일어나 다시 걸어가야 한다는 거
오른 만큼 결국 내려오며 빨리 오른 만큼 빨리 내려와야 한다
는 거

애들아,
산을 오르는 것처럼 살아가는 것도 즐거운 일이란다
다정한 사람들과의 동행이 얼마나 의지가 되는 즐거운 일인지
채찍비가 내리거나 눈보라가 쳐도 잠시만 힘든 것일 뿐 결국은
해가 비추기 전 펼쳐지는 아름다운 모습이라는 거
계절마다 다른 풍경을 바라보는 일은 항상 새로워서 눈 속의
얼음새꽃도, 길가의 작은 꽃마리도, 한여름의 푸르른 나무도
그리고 꽃보다 아름답게 잘 물든 단풍과 눈꽃도 있다는 거
한겨울 감나무를 지키는 까치 소리도, 계곡 속 직박구리 소곤대
는 소리도 모두 놓칠 수 없는 삶의 행복이라는 거
멋진 여자와 손잡고 고즈넉이 걸어가도 심장은 터질 듯 고동친
다는 거

산을 타는 것은 힘들게 오르고
또 어쩔 수 없이 다시 내려와야 하는 숨 차는 일이지만
잠시 땀 흘리는 고통을 이겨내면 뿌듯한 자부심으로 돌아오듯

인생도 마찬가지여서 희망 하나로 인내하며
주변에 널린 행복을 주워 담아 보람을 느끼는 멋진 여정이란다

산을 오르는 것은 미리 살아보는 거란다

PS 오늘은 어느새 아빠보다도 튼튼하게 자란 너희들을 본 가슴
벅찬 날이다. 눈 속에서 찬바람을 이겨내는 너희들이 너무도 자
랑스러웠단다.

내일이 항상 오는 것은 아니다

내일이 항상 오는 것은 아니다

온 길이 쌓였다
갈 길은 줄었다

끝없이 채우던 어제를 보내고
어찌할 수 없는 비움의 끝
채워도 만족 못할 현실에서
이제서야 비움의 원길을 향한다

결국은 때가 되어야 알게 되고
아는 만큼 보이는 것도 아닌 것을
모으는 것이 아니라 날을 아끼는
평범(平凡)함이 더 중요한 것을

죽음은 모든 이에게 웃음 지으며
우리는 모두 웃으며 답한다*
다행히 몸이 먼저 가고
정신이 늦게 감에 감사할 뿐이다

내일(來日)이 항상 오는 것이 아님을
이제서야 깨달았으나
미련(未練)의 헛구름도

같이 잊혀짐에 그저 다행이다

어느덧
더 이상 갈 길이 없다

* 영화 글래디에이트

나들잇길

난 곳으로
다시 돌아가야 함을 알기에
삶은 그저 나들잇길
잠시 즐기다 갈 일이다

푸른 향내 속 나비처럼
노도 속을 헤매다가
한여름 뙤약볕 정열도 태웠으나
그저 젊은 날의 초상

거친 바람 속 갈대처럼
그렇게 흩날리다가
영글어가는 열매 속에서
문득 맞닥뜨린 빨간 저녁노을

어렴풋한 고갯길에서
저무는 아름다움을 깨달으니
삶은 각양 꽃이나
그저 궁극은 하나

새하얀 눈발의 모습으로

돌아갈 곳이 있음에
삶은 조금 고단하여도
그저 즐길 오늘에 감사할 일이다

거울에 비추다

흐르는 개울물에 얼굴 비추니
소란스레 울고 있는 한 어린아이
커져 버린 세월의 강에 비추니
흐트러져 찡그린 낯선 이가 보이고
넓은 바닷물에 시든 사람 비추니
파랗게 멍든 추한 가슴만 보이네

구름 한 점 없이 파란 하늘 옥수(玉水)터엔
속 깊은 바른 이가 서 있을까
반짝반짝 씻긴 별이 잠긴 샘물엔
티 없이 맑은 이가 웃고 있을까
업의 연(緣) 비워진 거울 속엔
궁색한 깨달음 하나라도 다다른 이 있을까

귀가

깊어가는 어둠 속
정적의 메아리로 스며드는 깊은 하루는
태고의 본래로 돌아가는 의식

반겨주는 이는 없다
쓸쓸한 마지막 이별 뒤
고단한 삶을 끝내려는 바쁜 걸음만

하루를 시작하는 희망만큼이나
끝내고 돌아가려는 욕구도 저울지지 않아
적막함을 가로질러 서두는 마음들

늘어선 택시기사를
따라나서는 조급한 마음은
어느새 유혹당한 귀소본능의 쇠사슬

끝내 다다를 마지막 나의 정류장도
이렇게 쓸쓸하겠지만
가고 있을 때보다 도착해 안도하기를

시간, 걱정할 거 없다

걱정할 거 없다
시간이 다 해결할 터이니
한없이 존재하진 않아도
살아가는 것에게 가장 위대한 것이다

걱정할 거 없다
시간은 무심해도 차별하지 않으니
내일이 항상 오지 않아도
삶에서 유일하게 공평한 것이다

걱정할 거 없다
시간은 잠시 왔다 잠시 가는 것이니
고난이 존재에 스쳐 가도
어차피 어둠 속에서 별이 반짝이는 것이다

걱정할 거 없다
시간은 앞장서 나아가니
새 길은 어두워 보여도
잘못 나선 발길이 항상 밝아지는 것이다

걱정할 거 없다

시간은 쏜살같음도 느끼지 못하니
몸은 따르지 못해도
빨라지는 생각이 대신하는 것이다

걱정할 거 없다
시간은 점점 비워져 갈 터이니
비움의 끝은 있어도
네 지게 짐의 무게도 덜어지는 것이다

걱정할 거 없다
시간이 다 해결할 터이니
우주 가장 깊은 어둠에서 시작되었어도
네게 매일 새로운 아침을 밝혀주는 것이다

가을길에 서서

집 뒤
우뚝 선 전나무 하늘 따라 짙어가고
텃밭의 고구마도 노을빛으로 물든다

사랑도 마음이라지만 몸이 먼저 움찔하듯
불타는 가을은
내 마음 깊어지기 전 풀잎 끝부터 탄다
아리게 나뭇잎부터 탄다

살아보니
확실히 알고 있는 것도 없고
알 수 있는 것도 없지만
가을 사랑은 뼛속부터 다가온다

선악의 구분도 애매해지는 나이
어느새 가을길에 서니
남은 날도 많지 않아
무섭지도 않다
망설임도 없다

사는 것이

절대 정답을 찾는 것이 아니었음을
눈앞 급급한 질문에 답을 찾는 여정이었을 뿐

확실한 길을 찾아 갈팡질팡 가시밭길 헤매다
대충의 삶을 살았으나 온 길을 무사하게 여기니
뛰어온 가슴도 벅차다
타는 가을이 부푼다

'남한산성' 영화를 보고

유난히 춥기만 하던 그해 겨울
가마때기를 엄동설한 이불 삼아
썩어가는 몸뚱이를 감쌌고
귀하게 구한 돼지비계 조각 하나
서로 나누며 터진 손발에 발라야 했다

전쟁 중에도
전쟁이 끝난 후에도
힘없는 자들은
낫을 갈고 호미질을 해야 했다
무성해진 잡초를 뽑아 밭 갈아야만 했다

무엇이 옳단 말인가
추위와 굶주림 앞에 선 힘없는 자에게
무엇이 중요하단 말인가
지탱하는 삶보다
중요한 것이 있더란 말이냐

10년 전 형제의 굴욕도 모자라
우물 안 명분에 허우적대더니

총칼로 벗겨져 군신의 치욕에 다다라서는
45일 좁은 민심 하나도 챙기지 못하니
제 살길만 바쁜 상전을 둔 민초만 억울할 뿐

추운 겨울 길바닥에 머리 박히니
삼전도의 3배 9고두에
찢겨진 이마의 아픔은 알면서
어찌 말 먹이로 빼앗긴 가마니 속
힘없는 백성의 썩어가는 통절은 몰랐단 말인가

무엇이 옳단 말인가
허세와 명분만 앞세운 힘 있는 자에겐
무엇이 중요하단 말인가
짓밟힌 목숨보다
중요한 것이 있더란 말이냐

흐르는 강물에 손녀를 두고 먼저 간 뱃사공
전란에 겁탈당한 아낙과 그 지아비들
어린 딸을 만리타향에 빼앗긴 부모들도
봄씨 뿌려 가을을 거두어
잠시 냉혹한 겨울을 나고자 했을 뿐인 걸

가장 좋은 순간

별다름도 없는 자신의 가치를 확인하려
얼마나 무모한 욕심을 부렸던가
잠시 운이 따른 인생을 능력인 양 자랑하며
얼마나 말 못 할 허세를 떨었던가
혼자만 세상을 위하는 얼굴로 고민에 빠져
얼마나 지독한 가식으로 웃었던가
남의 눈에 비친 자신에만 신경 쓰며
얼마나 착한 척 허영을 부렸던가

운명을 개척한다고 선택한 그 길에서
그것이 원래 내 운명임을 뒤늦게 깨달았지
비교의 욕망을 벗어나 최선을 다할 뿐
덕을 받는 것도 내 그릇이 커야 한다는 걸
남 눈을 벗어나 내 눈으로 나를 봐야 하며
내가 바라보는 내 얼굴부터 알아야 한다는 걸
그러면서도 가장 좋은 순간은
아직 오지 않았으리라는 것을 믿어야 한다

진정한 행복

상쾌한 내리막 산길도
힘겹게 오른 것이니
거저 오는 행복은 없다

가난한 집 행복도
마음이 채워져야
진정한 행복이고

소박한 삶도
불안한 성공을 비워야
채워지는 행복이다

미련이 있어 행복한 것이다
미련이 없는 그때
바로 삶이 끝날 것이기에

그때까지
허공 속 마음만이라도
저 풀처럼 무성했으면

오늘의 할 일

분노하지 말아라
분노는 스스로의 좌절에서 나온다
남에 대한 기대를 접어라
그로 인해 네 마음이 흔들거리지 않으리니

힘으로 살지 말아라
폭력은 자기 고통을 대하는 법을 몰라서다
남을 다루려 하지 말아라
남은 위하는 게 아니라 그의 마음이 되어야 한다

일을 남에게 떠넘기지 말아라
주어진 삶은 네가 사는 것이다
남에게 의존하려 말아라
스스로 한 발자국씩 내딛는 것이 인생이다

행여나 운을 기대하지 말아라
지난 불운은 지금 네 정신적 탄탄함의 발로다
가능성을 실현해보려는 겁 없는 용기를 가져라
잘못임을 알았으면 그때 그만두면 된다

계속 질문을 하라
그래야 답이 명확해진다
답이 없어 보여도 계속 의심하라
답을 찾지 못해도 무얼 찾아야 할지는 안다

촛불

바람은 불어
스쳐 온 흔적의 육신을 태우고
햇살은 비춰
지난날의 생각을 날려 보내듯
시간은 스쳐 지나며 물거품을 보낸다

스스로 몸을 팔아
육체의 생을 잇고
정신을 팔아 베어 먹고 사는
자기 꼬리잡기의 연속

스치는 바람을
잡아야 하나
잡혀도 되나
그저 아슬아슬하다
끊을 수 없는 제살깎기

병 속의 새*

병 속의 새는
꺼내는 것이 아니라
없애는 것이다

병 속의 새를
나오게 하는 게 아니라
절로 빈 병이 되는 것이다

있는 그대로가 귀하다
일부러 꾸미려 하지 마라**
그대로의 너다

* 김성동 소설 '만다라'
**임제록 구절(無事是貴人 但莫造作)에 대한 법정스님 말씀

다시 만날 이별

빈손으로 태어나 거추장스러운 삶으로
맑은 물에 마음을 씻는 개운함보다
더 많이 험한 산길을 땀내며 걸어야 했다

속삭이며 아침을 여는 초록빛 싱그러움은
한나절의 태양 빛에 찔려
시들어가고

오랫동안 같이 머물러 주길 바랐던
사랑하는 이들과
아픈 이별을 해야만 했다

세상을 여는 작은 풀꽃처럼
살아있는 모든 것들은 눈부신 시절을 끝내며
새로운 시작을 위해 제자리로 돌아갔다

그리움 억누르며 몸 떠나 차분하게
또 다른 여행이 시작될 시간
빈손으로 떠날 것이기에 이 밤이 더 족했다

그리고

비우고 가는 것은

다시 만날 것을 알기에 아무런 말도 없었다

동행

삶이 고될 수밖에 없어도
함께하는 마음은 항상 따뜻한 것이다
지금은 알아봐 주는 이 없어도
조금은 나아질 생각에 힘이 솟지 않는가

늙은 느티나무를 처음 심었던
어떤 이의 작은 소망처럼
어차피 지금은 힘들지라도
결국엔 깊은 감동을 전달하는 일이다

주저앉았다가 일어서며
비겁함에서 용기가 무엇인지 알고
실패로 성공의 길을 배우며
바로잡는 것의 위대한 힘을 느낀다

역경을 뚫고 나의 길을 걸어가리
차이를 넘어 우리 같이 걸어가리
더 많은 내가, 더 많은 우리가
더 나은 세상을 만들 희망으로

야구란 무엇인가

투수라고
항상 타자를 잡아야만 하는 건 아니다
한 게임에 두 점만 주어도 엄청난 선수다
두 점을 내주려면 여러 번 실수해야 한다

타자는
열 번 중 일곱 번은 못 쳐도 된다
세 번만 쳐도 최고의 선수다
못 쳤어도 수비를 잘하면 된다

팬은
이기는 팀이어서 응원하는 게 아니다
잘 싸우라고 응원하는 거다
지더라도 끝까지 최선을 다하길 바랄 뿐이다

야구장에서만 잘 던지지 못해도,
그리고 잘 때리지 못해도 되는 건 아니다
인생도 야구 같아서
꼭 홈런을 칠 필요는 없다

깔보지 마라

큰 접시꽃이 예쁘다 해도
한 포기 작은 들꽃에 비할 수 있으랴
흔해 빠진 여린 풀꽃이 가장 빨리 소망을 피운다
눈에 잘 띄지는 않아도
충실한 세월에 봄의 향기를 넣어
푸르른 하늘로 온 들과 산을 들어 올리는
저 거침없는 힘을 보라

보이는 것이 다가 아니니
잠시 침묵하는 듯해도 흐르는 물은 얼지 않는다
깊은 계곡 작은 골짜기에도
시냇물은 힘한 돌을 깎아 굽이굽이 안고 흐르니
바위도 모래가 되어야 제대로 물머금을 하지 않는가
방울방울 둥근 돌을 굴리는
그 불굴의 의지를 보라

소중한 것은 너무도 사소하여 자연스러운 것이니
특별한 하루가 늘어진 일상의 행복만 하랴
스치는 미약한 인연으로 세상은 돌고
절실하게 모인 작은 힘을 이길 수는 없다

진정한 힘은 뿌리 깊어 한눈에 바로 보이지 않으나
포기를 몰라 마지막까지 남는다
힘없다고 깔보지 마라

넥타이

꿰어진
코뚜레가
비단 치장을 했다

나는
당신의
종이로소이다

쉬어도 되리

쉬는 것이 저 생이 아니라
이생일 수 있음을 누가 알 수 있으랴
어차피 삶은 잠시 머무르는 것
지난한 삶은 계속될 수 없어 쉼 없이 달리다가
문득 깨소금처럼 만나게 되는 한숨의 여유다
고단한 하루를 날고 드는 잠깐의 시간처럼
기쁨이 가득 찬 날에도 잠시 추슬러야 한다
하루 종일 나래를 편 그대여
희망은 여전히 남아 기다리고 있으니
잠시 고단한 나래를 접어도 좋으리
성급할 것 없는 나날들
꿈을 좇을 내일을 위해
잠깐은 모두 잊고 쉬어도 되리

발이 나에게 묻는다,
어디를 가냐고

4
부

떠나지 않을 수 없는 여행

가장 먼 여행이다
알지도 못하는 길이다
멀리 간다고 온갖 짐을 메고 갈 수도 없다
가벼워야 한다
스스로 책임져야 하는 길이다
약간의 짐꾸림 정도야 그렇지만 그마저 녹록치는 않다
몇 가지 효용을 알 수 없는 지식을 횃불 삼아 호기심 반 두려
움 반 출발해야 한다

떠나지 않을 수 없는 여행이다
때론 힘든 산을 오르고 깊은 강을 건너기도 하면서
때론 따뜻하고 화려한 봄날의 꽃피는 마을을 지나고
때론 사막 같은 뙤약볕 아래거나 쏟아지는 폭풍우를 무릅쓰며
때론 밤길에 먼저 떠나간 사람의 발자취를 따라 걷고도 혼자
만의 외로운 절망감을 느끼기도 하며
때론 어느 이름 모르는 언덕에 앉아 우두커니 노을 지는 가을
저녁을 바라보며 다가올 냉혹한 겨울을 걱정해야 한다

그러나 돌아갈 수도 없는 여행이다
혹은 좋은 운을 만나 멋진 길을 동행하기도 하고
혹은 반칙이 반칙 아닌 세상을 바라보며 침묵해야 하고

혹은 되돌림표가 없어 후회의 쓴잔에 검게 타버린 가슴을
움켜쥐고 울어야 하고
혹은 삶의 강도에게 모두 털려 절망 앞에 놓이기도 하지만
결국 못 볼 것을 보는 만큼 위대한 광경도 보는 길이다

사랑하고, 이별하고, 그리워하고, 고통스러워하며
모였다가 흩어지고, 흩어졌다 다시 만나기도 하며
쌓았다 금새 다시 허무는
허망한 시간의 굴레 속에 빈손으로 마무리하는 피날레
그리고 덧없음을 알아 가면서 내가 한 일도 없었고
결국 더 할 수 있는 일도 없는 길손에 지나지 않았다는 걸
그래서 더 남과 두루두루 어울려 즐겨야 하는 여행인 걸

선운사

- 기원(祈願)

가마미 수평선 붉은 저녁노을
도솔산 잔잔한 골짜기로 흘러들더니
새벽녘 느티나무숲에 걸려
하룻밤 폭설에 길 잃은 선운사

하얀 얼음장 밑 은은한 물소리 따라
극락교(極樂橋)에 다다르니
홍등 밝게 켠 감나무 위엔
둥지 튼 까치가 작은설 수다를 떤다

눈 속에 언 발 묻은 대나무는
찬 기운을 마디마디 풀어내며
지난밤 칼바람의 흉금을
흘러가는 흰구름에게 털고

첩첩이 정성 담은 돌탑
도솔암 냇길 따라 줄지어 서니
그 바람이 장사송(長沙松) 가지마다
파랗게 피어올랐다

대웅보전 뒤편 물러선 동백은
하얀 햇봉오리 끝 눈꽃에
피 끓는 가슴을 토하지 못하고
숨 막히는 고요 속 타는 신음만 애잔하고

우뚝 선 극락장송
그림자를 대좌 삼은
도솔암 마애불 앞엔 아직도
한 여인 간절히 두 손을 모았다

백양사(白羊寺)

는개비 따라 피어오른
단풍의 끝자락
하루를 마무리하는
놀 지는 저녁하늘처럼
마음 섧게 물들이네

붉게 물든 서녘 놀을
이제야 알겠다
해지기 전
모든 것을 쏟아내는
젖먹이는 어머니*

높은 하늘 간직한
올망졸망 애기 별들은
청춘을 불사른 듯
하루 언덕에 온통
짙은 빛깔로 여물었구나

쌍계루(雙溪樓) 앞
맑고 찬 물은
늦다 조급함도 없이

이 세상을 잔잔히 풀어
저 세상에 옮겨 놓았네

백암산(白岩山) 운무 속
푸른 빛 백학봉(白鶴峰)은
높다 으스댐도 없이
쌍계루 물 속 잠기어
하늘거울 속 큰 바위를 대본다

대웅전 한 곁 외로이
노랗게 익은 고불매(古佛梅)는
백매(白梅) 향한 몸부림에
굵은 가지 굽이치며
내세의 분홍 춘정(春情)을 꿈꾼다

저물어 돌아가는 길
응달서 자란 늙은 갈참나무가
양지 바른 서편
물 건너 언덕을 바라보며
해탈 환생한 흰 산양을 그리워한다

* 헨리 데이비드 소로우

울릉도 촛대바위*

파랗던 하늘 지나
노을 자락 솟구치는 파도에
괭이갈매기는 힘껏 나래 깃 잡아
빨간 두 눈을 두리번거리고

연일 밤 거친 피로에
희멀희멀 늘어지는 빨간 등대빛 따라
휘청이는 노인의 돛단배가
은빛 물결을 나서네

먼저 뜬 아낙을 꼭 빼닮은 딸은
며칠 밤 풍랑에 뜬 눈으로 밤새더니
청맹과니 돌아오는 돛단배에
보고픈 효심을 파도에 심었구나

우뚝 선 바위만큼
기다림은 바다 깊은 촛대가 되고
소녀는 절실한 소망을 벼랑에 풀어헤쳐
패랭이꽃으로 하늘하늘 피었네

* 울릉도 저동 앞바다 촛대바위의 전설은 다음과 같다.

옛날 지금의 저동마을에 한 노인이 아내와 일찍 사별하고 딸과 함께 살고 있었다. 어느 날 조업을 나간 노인의 배가 심한 풍랑을 맞아 돌아오지 않았다. 상심한 딸은 바다를 바라보며 눈물로 며칠을 보낸 후 아버지가 돌아온다는 느낌이 들어 바닷가에 가보니 돛단배가 돌아오고 있었다. 딸은 기다리고만 있을 수 없어서 배 있는 쪽으로 파도를 헤치고 다가갔다. 그러나 파도를 이길 수 없어 지쳤고 그 자리에 우뚝 선 바위가 되었다. 그 후 이 바위를 촛대바위 또는 효녀바위라고 부른다.

거제도 포로수용소공원

-아직도 끝나지 않은 분단의 역사

거제도에 들러 먼저 찾으니
17만 명의 전쟁포로들이 수용되었던 곳엔
흥남철수작전의 메레디스 빅토리호와
남침할 때 선봉에 섰다는 소련 탱크모형의 전시관이 자리했다

길가의 홍가시나무는 하얀 꽃망울을 펼치고
잎에서 보이는 초록과 빨강의 대비
그렇게 같이 양립할 수밖에 없었던 현실

저물어가는 저녁노을에 하얗게 핀
이팝나무 속에서 굶주린 배를 움켜쥐며
고향집의 배불뚝이 밥사발을 그리워했을 젊음들

극소수의 고착된 생각 하나가 무모한 잔인함으로
얼마나 많은 선량한 사람들의 목숨을 빼앗아갔는가
삶에 대한 애착이 가져왔을
얼마나 많은 끝없는 인간성의 추락을 보여주었는가

갈피를 잡을 수 없던 풍랑의 시대에
그저 저 대나무처럼 이리저리 흔들리며
끈질긴 생명력으로 살아남아야만 했던 역경의 시절들

내려오는 길가엔 시들어가는 동백나무 한 그루
그 동백꽃처럼 시절 없이 뚝뚝 떨어졌을 젊음에
홍가시나무의 붉음은 문득 총칼에 빨갛게 물들어버린
때를 잘못 만난 젊음의 핏빛으로 보이네

그저 내 아이들에게만은
전쟁 없는 세상이 되어주길

부석사

쪽빛 수영과
흰 수염을 날리는 광대나물이 햇살을 반기고
입구의 가시 돋친 탱자나무는
새하얀 꽃이 낯설다

짧은 오름길에 마주친 당간지주
태백산에서 봉황산으로 바뀌는 안양루 돌계단 끝에서
그늘 건너 무량본전을 엿보는 불자의 마음
오르다 뒤돌아 본 세상은 지난 길 되살피는 부처님 마음

연화문 바닥돌과 석등은 장인이 거둔 인고의 끝
동쪽 향한 소조여래는 진흙 옷으로 민중과 같이 했구나
소백산 맑은 하늘 밑 눈익은 3층 석탑은
모난 마음 비우려는 중생의 번뇌

부석(浮石)은 담쟁이와 어울려 놀고
내려오는 길에서 만난 전생의 승려들
쓰디쓴 인고 중인 씀바귀와 푸르름 어린 괴불주머니,
큰 꿈을 지녔을 대황과 서울 유학승 남산제비꽃까지

산사의 적막한 밤을 밝혔을 별꽃들과

흔하디흔하던 개별꽃은
의젓한 큰스님이 되어
고개 숙여 참선에 들었다

고개 숙일 날만 남은
오늘, 내겐
애초에 고개를 번쩍 들만큼
떳떳한 날도 없었구나

분황사

향기로운 임금의 절에 덕만의 향기는 어디 가고
세월 스친 낡은 벽돌만 빼곡하구나

당 태종의 모란꽃은 나비가 없어
향기 없는 임금으로 놀림 당하고

규방을 뛰쳐나와
정사를 재단한 늙은 할매로 비하 당했으니

지기삼사(知幾三事)의 지혜도
묵은 때의 석정(石井)처럼 서럽기 그지없다

핏속 순수에 두 번의 남자가 스쳐가도
향기를 발하지 못하였으니

아직도 부처님 속 화려한 연등(燃燈)으로
그 향기를 뿜어내려 하였는가

태화산 마곡사

– 김구선생을 추모하며

홍성루 단풍은 붉어지고
뜰 앞 산사는 빨간 열매를 떨군다

완장을 두른 왼편의 좌익과
넥타이를 맨 오른편의 우익
좌우의 사상보다 통일된 조국만을 꿈꾸다

'물러 나와 세상일을 돌아보면
모두가 마치 꿈속의 일과 같네
(却來觀世間　猶如夢中事)'

돌아오는 가을엔 여전히 구절초가 피어 있고
까마중은 때늦게 꽃을 피우더니
아직 설익은 머리만을 파랗게 내밀고

바위 위 담쟁이도
추운 겨울을 덮으려
바삐 이불을 준비한다

금수산

파란 바다가 깊은 하늘에 잠겨
서늘한 바람이 보랏빛 억새에 들 때
둥구나무에 리본 하나 매달아
오름의 흔적을 남기고 가을산을 탄다

길섶에선 환한 자줏빛 꽃향유가
떼 지어 손 흔들며 인사하고
하룻볕 쬐기도 무서운 칠점사는
인기척에 부리나케 달아난다

파란 허공 흰구름 두둥실 물결 속
단풍나무가 산 겹겹이 푸른 전나무와 다툴 때
세월 낀 이끼에 잔잔한 옹달샘 옆
여뀌도 이삭 달고 찬 그늘로 빛바래 간다

금수산 누운 자태 초야(初夜) 이룬 여인네는
간절히 원했던 튼실한 남근(男根)을 얻었고
귀남(貴男)은 자연으로 영원히 돌아갔으니
태어난 이곳에서 후회 없이 살았으리라

알알이 노랗게 터지는 개똥쑥향에

고개 든 고들빼기 미역취가 취해갈 때
정상에선 소백(小白)과 월악(月岳)이 한눈에 들어오고
단풍이 비단(錦)에 수(繡)놓아 남한강을 휘감아 돈다

어느새 익어가는 가을에 깊숙하게 들어
한걸음씩 천천히 하늘에 다가간 것은
허전한 마음 채우려는 게 아니고
비우지 못한 허전함을 온전히 느끼려 함이다

가냘프게 바위 걸친 국화향이
솔향에 버무려져 온 산을 뒤덮어도
내리막 산비탈 위태롭게 선 소나무는
자유로이 굽이치며 떠다니는 구름이 샘날 뿐

단풍은 한없이 붉게 짙어지며
헤어짐을 앞둔 슬픈 핏발을 토하지만
이별들은 냉혹한 한겨울 바닥 온기로 남아
소복이 쌓인 새 소망으로 움틀 것이다

창경궁 회화나무의 한여름

찌는 듯한 더위다

시달리는 궁궐의 치욕 속에
저 멀리 누워버린
궁궐의 역사 속
통한의 회화나무 한 그루

선인문 앞 뒤주 속
사도세자를 묵묵히 지켜보았고
아직도 동물원에서 복구 중인 뜰을
수통스레 지켜본다

무소불위의 최고 권력도
세파 속에 어김없이 쓰러지고
권력투쟁의 허망함도
서슬파레 지켜보았고

의구하던 남녀청춘도
삶의 유한 앞에 빛바래 흐려져
부유일기(蜉蝣一期)의 무상함도
구슬프게 공감했을 것이다

언젠가 다시 만날 것을 알면서도
꽃을 피워 씨앗을 남기려
불타는 하늘을 향해
안간힘으로 팔을 벌리고 있다

고즈넉한 오후다

6월의 창덕궁(昌德宮)

돈화문(敦化門)에 들어서니
우뚝 솟은 회화나무
선비는 간데없고
세월만 청청(靑靑)하구나

멀리 진선문(進善門) 옆
서슬 퍼랬을 내병조(內兵曹)
뉘 잘린 목숨인 양
널은 마당엔 마디풀만 한가득

연복사빛 섬초롱 계집은
우뚝 선 궁궐 안을 흠모하여
금빛 향으로 애증(愛憎)의 칼을 태우더니
하얗던 순정(純情)이
보랏빛 슬픔으로 변하였구나

깊은 산 풀꽃으로
매일 같이 살 것을
들판의 꽃이 되어
모를 듯이 살 것을

궁 뒤편 한쪽 곁
세파에 빛바랜 기다림으로
화려한 단심(丹心)은 잃은 지 오래고
거듭나길 바라는 회심(回心)만 간절하여
보춘정(報春亭) 앞 늙은 살구나무도
떡하니 노오란 열매를 맺었구나

성북동 길상사*

오름길 따라 담쟁이는 가을을 타오르고
사찰 입구 노랗게 물든 느티나무 옆
빨간 단풍은 아예 가을을 지키고 앉아 있다

들어선 앞마당은 백천 억겁 헤아릴 수 없는
아미타불의 광명이 불토국 중생에게 널리 비추어
이미 파란 하늘에 붉은 별을 뿌려놓았다

세월의 풍파에 북으로 떠난 어느 시인을 기다리는가
서편 7층보탑은 하늘을 찌를 듯 우뚝 솟아
탑을 도는 여인의 간절함을 공중으로 풀어 헤친다

세속의 욕망이 넘쳐 댔을 사당 앞 도솔천은
시인 시 한 줄보다 못하다던 고백 한 줄만 남아
애증의 미련으로 아직도 졸졸 흐르는구나

소나무 걸린 달빛 진영(眞影) 아래
마음의 주인이 되어 명성마저 멀리한
무소유한 삶은 맑고 향기로워라

지극한 도(道)는 어려움이 없나니

오직 분별하는 것을 꺼릴 뿐이라

사랑하고 미워하지 않으면 툭 트여 명백하리라**

화단 모퉁이 보랏빛 투구병정도 방패로 여물고

한겨울 하늘만 남을까 감나무는 까치밥을 남기며

가을 산사는 연정과 자비의 짙은 빛에 흠뻑 젖어 든다

* 길상사는 원래 김영한이라는 기생이 운영하던 대원각이라는 우리나라 3대 요정
이었던 곳으로 시인 백석이 그녀를 사랑해 자야라는 아호를 주었으나 백석이 북으
로 떠나면서 이별하였고 이후 자야가 법정스님의 무소유 책을 읽고 감동받아 대
원각을 시주하고 절로 만들어 줄 것을 요청하여 1997년 길상사가 탄생함(김영한
의 법명이 길상화)

** 길상사 글 (至道無難하니 唯嫌揀擇 但莫憎愛하면 恫然明白)

내시묘역길

- 북한산둘레길10구간

북한산 원효봉 바라보며
오르는 내시묘역길
별꽃이 되려 했으나
별꽃 되지 못한 별꽃아재비 지천이다

님 행차 기쁜 소식 오려나
무덤 옆 나팔꽃 단정히 불어대고
민가 한쪽엔 무덤주인 쓸쓸할까
화려한 꽃들이 가을을 장만했구나

물가엔 높은 봉 바라보며
이별의 버드나무 허리 숙여 서 있고
궂은 일 마다 않고 고개 숙여 살아 온 인생
무덤에 들어서야 굽은 허리 폈겠구나

주렁주렁 감이나 모과나
같은 하늘을 이고 살았으나
그대는 태어난 곳이 달라 돌봐줄 자식도,
뾰족한 비석 하나도 남기질 못했구나

백화사 삼성각 앞

푸른 소나무 둘러싸인 제단 하나 위로 삼으며

왕고들빼기 화려하게 우뚝 선 자리

외로운 별꽃아재비 바닥을 깔고 있다

풀꽃

- 북한산 구름정원길

절 떠난 염주나무가
황금빛 햇살비를 내리고
능소화는 붉은 입술을 내밀며
푸른 하늘을 유혹하고 있다

머물 곳 없는 부처 마음은
하염없이 허공을 향하고
중생들의 소박한 소망은
검은 주아에 알알이 담겼다

풀꽃들은
한결같이
자기답게 피고 질 뿐
탐하거나 강요하지 않는다

가파른 하루를 보내고
그루터기 옆 잠을 청해도
묵묵히 걸어갈 뿐
잰걸음을 멈추진 않는다

오고가는 구름 속 인생의 마실길에서
겸허한 마음으로 꿈꿔왔던
결실에 감사할 뿐
크고 작음에 연연하지 않는다

아들들과 남한산성을 돌며

남옹성 푸르른 소나무는
한결같이 마른 듯 곧고
성곽 높은 곳 개미취가
가녀린 몸 맡긴 채 가을바람에 우는데
제철 만난 떡갈나무는
한껏 가지를 펼치며 젊음을 내뿜습니다

푸르른 소나무처럼 높게 살고자 했으나
이제 빛바랜 머리새의 가을이 되어
그저 두 형제의 계속된 길
아름다운 동행이기만을

까칠한 쑥부쟁이는
성벽만 오르려 힘껏 몸을 늘리고 있고
빨간 팥배나무는
열매도 모자라 잎까지 여물어 가는데
속 덥수룩한 회양목은
어떻게든 치욕의 앞뜰을 감추려 합니다

지화문(至和門) 앞 느티나무처럼 크게 살고자 했으나

이제 흩어진 산국의 가을이 되어
영그는 열매에게 꿈을 넘긴 채
갈색 잎으로 이리 저물어 갑니다

소금산 출렁다리

소금산 자락 두 봉우리
양손에 움켜쥐고
섬강 깊은 물에 발 담그고는
환하게 미소 지으며 서 있다

살짝만 올라타도
힘 쏠린 두 다리가 출렁
큰 무쇠다리도 간지러워 몸을 뒤틀고
오싹한 기운에 헛웃음만 한바탕

줄지어 올라와 숨 가쁜 것도 잠시
살아온 어제의 상념과
나아갈 내일의 걱정은
온데간데없이 바람 따라 사라지고

푸른 하늘과 맑은 섬강 사이
산자락 허공 속에 아슬아슬 매달려
무릉에 구름 깔고 가득히 긴 미소 지으니
입술 늘어지게 행복이 웃고 서 있다

치악산 정상에서

마른 바람 불어도
오랜 저 탑 이끼투성이로 앉아 있으니
정처 없는 먹장구름의 조화이고

산그늘 가득해도
계곡 따라 우뚝 선 솔 여전히 푸르른 것은
흘러가는 맑은 물의 신통이다

홀로 산꼭대기 올라
떠나온 세상을 바라보며 스스로 기뻐함은
수심 잃어 속되지 않음이나

우두커니 가을 노을 바라보며
하염없이 흐른 세월에 한숨만 늘어가니
시간이 얼마 남지 않음이다

문막팔경(文幕八景)

건등산(建登山)의 피리 부는 아이들은 간데없고
태조 왕건(王建)의 정기 받은 천마산(天馬山)
별 밝은 칠성암(七星岩)에서 들려오던
은은한 종소리도 가슴 속 그리움으로 숨어들었네

명봉산(鳴鳳山)에 떠오르는 맑은 해
구첩산(九疊山) 은행나무 뒤 붉은 저녁노을
경정산(慶亭山) 말아우 노니는 구름도 여전히 한가하니
남도(藍島) 쪽섬 물 위에 뜬 밝은 달 아래서
취병산(翠屛山)을 붉게 물들인 가을 단풍을 안고
물굽이 섬강(蟾江) 문막포구로 돌아오는 돛단배를 기다려 보네

인간사(人間事) 모두 변하여 사라졌으나
그곳을 떠나온 지 오래라 미련이 없고
자연은 스스로 변함이 없으니
시간이 들어감에도 더는 잃을 것도 없구나

닻 별

성 철 시집

1판 1쇄 발행 | 2019년 11월 15일

펴낸이 | 고봉석
편집자 | 윤희경
펴낸곳 | 이서원

주소 | 경기도 성남시 분당구 중앙공원로20길 428-2503
전화 | 02-3444-9522
팩스 | 02-6499-1025
전자우편 | books2030@navercom
출판등록 | 2006년 6월 2일 제22-2935호

ISBN | 979-11-89174-18-7

이 도서의 국립중앙도서관 출판예정도서목록(CIP)은 서지정보유통지원시스템 홈페이지(http://seojinlgokr)와
국가자료공동목록시스템(http://wwwnlgokr/kolisnet)에서 이용하실 수 있습니다
(CIP제어번호: CIP 2019045335)